CATALOGUE

DES

OBJETS D'ARGENTERIE

ANCIENNE ET MODERNE

ÉVENTAILS — IVOIRES — MINIATURES — ÉMAUX

OBJETS D'ART

PORCELAINES ET FAIENCES — BIJOUX

ÉTOFFES, ETC., ETC.

dont la vente aura lieu

HOTEL DROUOT, SALLE N° 5

Les Vendredi 4 et Samedi 5 Novembre 1887

A DEUX HEURES

COMMISSAIRE-PRISEUR :

Me G. BOULLAND

26, rue des Petits-Champs

EXPERT :

M. Eug. SORTAIS

23, rue des Capucines

EXPOSITION PUBLIQUE

LE JEUDI 3 NOVEMBRE 1887

DE 2 HEURES A 5 HEURES

CONDITIONS DE LA VENTE

Elle sera faite au comptant.

Les acquéreurs payeront en sus des enchères *cinq pour
cent*, applicables aux frais.

L'exposition mettant le public à même de se rendre
compte de l'état des objets, il ne sera admis aucune réclamation une fois l'adjudication prononcée.

VENTE

DES

VENDREDI 4 ET SAMEDI 5 NOVEMBRE 1887

Hôtel Drouot. — Salle nº 5

JOLIE COLLECTION

D'ARGENTERIE

Objets d'Art et de Curiosité, Bijoux

✦✕✦

EXPOSITION PUBLIQUE

LE JEUDI 3 NOVEMBRE 1887

COMMISSAIRE-PRISEUR :	EXPERT :
Mᵉ G. BOULLAND	**M. Eug. SORTAIS**
26, rue des Petits-Champs	*23, rue des Capucines*

PARIS — IMPRIMERIE DES ARTS ET MANUFACTURES

12, Rue Paul-Lelong, 12

DÉSIGNATION DES OBJETS

ARGENTERIE

1 — Grande verseuse d'époque Louis XVI, en argent, ornée sur le couvercle d'une rose épanouie.

2 — Petite verseuse en argent d'époque Louis XV.

3 — Chocolatière de style Louis XVI, en argent, à gaudrons.

4 à 7 — Quatre grands plats, en argent et argent doré, de styles Renaissance et Louis XVI.

8 - 9 — Deux légumiers et un plat en argent, de style Louis XVI, terminés par des choux.

10 — Réchaud en argent, d'époque Louis XVI, ajouré.

11 — Aiguière en vermeil, de style Louis XIII : la panse est ornée de deux médaillons à personnages, et l'anse est formée par une cariatide et un dauphin.

12 — Coupe à fruits en argent (les deux anses sont formées par des amours ; le godet est en cristal gravé).

13 à 15 — Trois paires de flambeaux en argent, de styles Louis XIII et Louis XVI, à guirlandes et cariatides.

16 — Paire de petits flambeaux en argent, de style rocaille à dauphins.

17 — Sucrier en vermeil, de style Louis XVI, à mascarons et fruits sur le couvercle.

18 — Burette en vermeil de style Renaissance, ornée d'émaux, et son plateau.

19 — Coupe en vermeil supportée par un satyre, la panse ornée d'un dragon et de volutes, le pied gaudronné et fleurdelisé.

20 à 37 — Dix-huit paires de salières en argent doré et argent (travail français, russe et hollandais), de styles et formes diverses.

38 à 43 — Six salières bouts-de-table, en argent doré, formées par des conques marines supportées par des faunes.

44 à 53 — Dix pièces en argent et argent doré, formant salières et bouts-de-table, de styles et formes variées.

54 à 56 — Trois moutardiers en argent, de style Louis XVI à guirlandes.

57 — Petit sucrier en argent doré, émaillé. — (Le couvercle est terminé par une belette.)

58-59 — Sucrier et gobelet en argent doré et gravé.

60 — Déjeuner en vermeil, composé d'une verseuse, une tasse, un sucrier et un plateau. (Travail russe.)

61 — Déjeuner en argent niellé et doré, composé d'une tasse et son plateau, cuiller et fourchette.

62 à 72 — Onze petits plats en argent de styles divers, longs, ovales, ronds et carrés.

73 à 80 — Huit gobelets en argent et argent doré, gravés et niellés.

81 — Petit vide-poches en argent doré, reposant sur un dauphin supportant un amour.

82 — Vingt-six pelles à sel en argent doré. (Travail hollandais.) (Sera divisé.)

83 — Service de messe en argent, formé d'un plateau et deux burettes.

84 — Encrier en argent, formé d'un éléphant.

85 — Porte-mouchettes et mouchettes en argent.

86 à 99 — Quatorze pièces en argent et argent doré (porte cure-dents, coupes, verseuses, bobêches, vide-poches, goupillon, cuiller, tire-bouchons, etc.).

100 — Service de fumeur en argent doré et niellé, composé d'un porte-cigarettes, un briquet et un fume-cigares.

101 — Six pièces en argent, lustre hollandais, cage, moulin à poivre, traineau, et deux chars de style Louis XV. (Sera divisé.)

102-103 — Six couteaux de table et un service, à manches en argent ciselé, dans le goût de la Renaissance.

ÉVENTAILS, IVOIRES, MINIATURES
ÉMAUX & OBJETS D'ART

104 à 123 — Vingt éventails d'époques Louis XV et Louis XVI, à feuilles peintes, sur vélin et papier, à montures en ivoire et en nacre repercées, ajourées et gravées.

124 — Vingt-trois éventails en bois de santal, laque, ivoire et nacre. (Sera divisé.)

125 — Beau vidrecome, en ivoire, représentant un sujet mythologique ; la monture est en vermeil, et la pièce est terminée par un couvercle à personnages allégoriques.

126 — Joli cabinet en ivoire, à un vantail, avec intérieur à tiroirs, orné sur la face de colonnettes et plaquettes, en ivoire sculpté de cariatides, mascarons et volutes. Le fronton est terminé par un groupe d'amours.

127 — Groupe en ivoire sur piédouche (jeune fille portant un enfant).

128 — Petit médaillon encadré (statuette de femme).

129 — Petite statuette en ivoire.

130 — Vide-poches en ivoire, sculpté en ronde-bosse de personnages symboliques.

131 — Grand triptyque en ivoire, sculpté en relief dans le goût du xviie siècle.

132 — Petit triptyque ivoire, représentant le sacre de Marie de Médicis.

133 — Autre petit triptyque représentant un combat.

134 — Plaquette en ivoire sculpté de style Louis XIV

135 à 146 — Douze miniatures (portraits de jeunes femmes) de styles Louis XV et Louis XVI, avec cadres en cuivre.

147 à 152 — Six miniatures (scènes religieuses et autres).

153 à 161 — Neuf pièces (peintures, miniatures et gouaches), scènes de la vie de campagne d'après Greuze, et autres.

162 à 165 — Deux gouaches et deux peintures sous verre.

166 — Petit vide-poches en argent doré en forme de navire, supporté par un triton, orné de plaques en émail peint et personnages.

167 à 171 — Cinq pièces en émail de Vienne (vide-poches et vases).

172 à 176 — Trois petits plats et deux tasses avec leurs soucoupes en émail de Vienne.

177 à 180 — Grand plat ovale en émail (genre de Limoges) et trois assiettes représentant des scènes tirées de l'Histoire sainte.

181 à 185 — Cinq pièces émaillées à sujets divers.

186 — Jolie petite pendule de style Louis XIII, émaillée sur les quatre faces, montée sur pieds à jours.

187 — Petit coffret à bijoux en forme de cabinet, à deux vantaux, orné extérieurement de nombreux émaux peints.

188-189 — Deux grands brûle-parfums en émail cloisonné de la Chine, à fond bleu.

190 — Médaillon rond en émail, représentant une Sainte Famille.

191 à 196 — Six statuettes en argent à sujets divers.

197 à 199 — Trois statuettes en bronze doré et niellé.

200 — Petit reliquaire en vermeil de style Louis XV.

201 — Petit vide-poches en agate, monté en argent niellé.

202 à 204 — Petit drageoir en verre bleu doré de style Louis XVI et deux bonbonnières.

205 — Quatre pièces de bureau en agate, cristal taillé et aventurine. (Sera divisé.)

206 — Pendule en bronze doré, à personnages.

207 — Deux grands bouts de table, formés par trois cariatides, supportant un bras de lumière, en bronze doré.

208 — Deux flambeaux en bronze doré, de style Louis XIV.

209-210 — Sabre persan (monture en argent gravé) et petit poignard.

211 — Serrure d'époque Louis XIII.

212 — Cadre ovale en acajou, sculpté en ronde-bosse, formé de deux statuettes allégoriques de la peinture et de la sculpture, ayant pour fronton un amour aux ailes déployées.

PORCELAINES ET FAÏENCES

213 — Grande soupière et son plateau en porcelaine,
décorée d'une guirlande de fleurs.

214 — Tasse à déjeuner et sa soucoupe, en porcelaine
décorée de médaillons à personnages.

215 — Tasse trembleuse et sa soucoupe en porcelaine de
Vienne, décorée d'or à froid sur gros bleu.

216 — Belle assiette en porcelaine de Vienne, décorée au
centre d'un sujet mythologique

217 à 222 — Deux assiettes en porcelaine de Vienne,
décorées de personnages ; quatre assiettes en porcelaines et faïences diverses.

223 à 225 — Trois statuettes en porcelaine de Saxe, dont
une montée en bronze.

226 — Cinq pièces diverses en porcelaine et faïence, dont
une tasse de capo di monte. (Sera divisé.)

BIJOUX

227 — Tabatière en lapis lazuli, montée en or.

228 à 236 — Neuf bagues en or, montées de camées gravés, opales, grenats et turquoises.

237 — Montre en argent ornée d'un émail, d'époque Louis XVI, avec sa châtelaine en cuivre ornée de trois émaux.

238 — Petite montre en or, d'époque Louis XVI, ornée d'un émail.

239 — Quatorze broches en or et argent doré, ornées de strass, de marcassites, de turquoises, d'émaux, et d'émaux peints. (Sera divisé).

240 à 246 — Sept demi-parures, or et argent doré, ornées de camées, turquoises, marcassites, pierres diverses et émaux peints.

247 — Douze médaillons et broches en or et argent, montés de perles, turquoises et émaux. (Sera divisé.)

248 — Croix en lapis montée en or.

249 — Bracelet et broche en corail rouge.

250 — Quatre-vingt-cinq broches ou boucles en argent doré et métal, anciennes et modernes, émaillées, gravées, repercées et montées de strass, marcassites, griffes de tigres, etc., etc. (Sera divisé.)

251 — Paire de boutons de manchettes en or, ornés de turquoises.

252 — Onze paires de boucles d'oreilles, en or et en argent, et forme coquille, à pendeloques, ornées de turquoises, perles, petits émaux, etc. (Sera divisé.)

253 — Soixante-treize pièces en argent et argent doré, (Saint-Esprit, boucles, boucles d'oreilles, broches, épingles ornées de strass, turquoises et grenats. (Sera divisé.)

254 — Neuf paires de boucles d'oreilles en argent, montées de pierres et perles. (Sera divisé.)

255 — Huit épingles de cravate (dans leur écrin) en argent doré, ornées de camées et d'émaux peints. (Sera divisé.)

256 — Vingt-trois épingles de cravate en argent et métal, anciennes et modernes, ornées d'émaux, turquoises, perles, marcassites et strass. (Sera divisé.)

257 — Croix en argent doré, montée de pierres.

258 — Treize croix en argent émaillées, gravées, niellées, ornées de pierres. (Sera divisé.)

259 — Parure en argent doré, ornée de pierres et pendeloques.

260 — Cinq médaillons en argent et en argent doré, montés d'émaux, perles et pierres. (Sera divisé.)

261 — Huit boucles de ceinture en argent, gravées, repercées et ornées d'émaux. (Sera divisé.)

262 — Deux colliers et un peigne en argent doré, émaillés, ornés de malachite, mascarons et améthystes. (Sera divisé.)

263 — Huit pièces en argent, cadres, diadèmes, châtelaine, chaîne et boucles d'oreilles montées de strass et turquoises. (Sera divisé.)

264 à 283. — Vingt pièces en argent, pommes de cannes, sifflet, étuis, châtelaines, tabatière, jouets hollandais, presse-papier et autres menus objets.

284 — Sept paires de boucles d'oreilles en argent et métal, ornées de strass et de pierres.

285 — Trois chaînes de cou, en argent, l'une montée en strass. (Sera divisé.)

286 à 294 — Neuf flacons à odeur en argent, argent doré, verre et spath fluor.

295 à 299 — Cinq cachets en or et argent doré, montés de nacre, de grenats et de marcassites.

300 — Cent boutons de manchettes et de chemise en argent, argent doré et métal. (Sera divisé.)

301 — Fort lot de bijoux en cuivre : colliers en verre, châtelaines, chaînes, broches, boucles, clefs, croix, boucles d'oreilles, etc., etc.

ÉTOFFES

302 — Quatre morceaux carrés pour sièges, en tapisserie d'Aubusson.

303 — Tapis oriental brodé de soie sur tissu de lin.

304 — Tapis oriental carré long en velours noir brodé d'or.

305 à 307 — Trois tapis de table brodés sur drap bleu et rouge.

308 — Petit tapis en ratine rouge, brodé d'or.

309 — Petit tapis en brocart, d'époque Louis XVI, lamé d'or et d'argent.

310 — Fragments d'étoffe du xvıᵉ siècle, à personnages, lamés d'or.

311 — Grand couvre-lit en toile de lin, brodé de fleurettes dans le goût oriental.

312 — Portière brodée en drap noir.

313 — Chasuble.

314 — Dix morceaux de drap de nuances diverses brodés au plumetis et au passé.

315 — Morceaux de soie et drap brodé.

316 — Rideaux en algérienne.

317 — Morce..u de tapisserie au petit point.

318 — Lot de cadres.

319 — Trois loupes.

SUPPLÉMENT

320 — Deux grands cache-pots en porcelaine décorée, à sujets de chasse, montés en bronze doré.

321 — Grand vase en porcelaine décorée à deux anses, formées de têtes de satyres, fond gros bleu, sujet Louis XV.

322 — Deux petits vases, à couvercles, en ancien émail cloisonnné de la Chine.

323 — Lampe en ancien émail cloisonné.

324 — Vase pitong en émail de la Chine.

325 — Ancien vase brûle-parfums en bronze japonais, surmonté de chimères.

326 — Deux vases en bronze japonais, garnis de petites applications en bronze doré.

327 — Cerf en bronze de Vidal (sculpteur aveugle).

328 — Objets non catalogués.

PARIS — IMPRIMERIE DES ARTS ET MANUFACTURES
12, Rue Paul-Lelong, 12